Oops

It's snowing!
Il neige !

Une histoire de Mellow
illustrée par Amélie Graux

talent hauts

On va jouer
dans la neige ?

On fait un bonhomme de neige.

Here is a small ball for his head.

Je plante deux branches pour les bras.

Here are two pebbles for the eyes.

Je lui mets
mon bonnet.

And I will give him my scarf.

Attention
à ma boule
de neige !

Oui, la luge,
ça glisse,
c'est rigolo !

It's going too fast!

Oh la la !
Je suis tombée dans
la neige !

Yes, we look like our snowman!

La version audio de ce livre
est téléchargeable gratuitement sur
www.talentshauts.fr

Conception graphique :

Conception et réalisation sonore : Éditions Benjamins Media - Ludovic Rocca.
Oops : Samuel Thiery, Ohlala : Jasmine Dziadon.

© Talents Hauts, 2010
ISBN : 978-2-916238-94-4
Loi n° 49-956 du 16 juillet 1949 sur les publications destinées à la jeunesse
Dépôt légal : septembre 2010
Achevé d'imprimer en Italie par Ercom